Amara

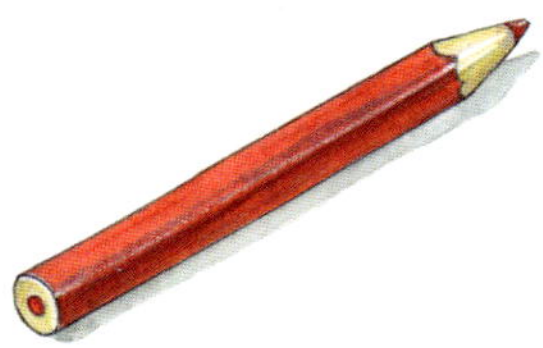

Cyhoeddwyd gyntaf yng Nghymru yn 2025 gan Atebol Cyfyngedig,
Adeiladau'r Fagwyr, Llanfihangel Genau'r Glyn, Aberystwyth, Ceredigion SY24 5AQ

Golygydd: Sioned Erin Hughes
Dylunio: Dylunio GraffEG
Rheolwr Prosiect: Elen Elis
Darllenydd Sensitifrwydd: Natalie Jones
Ymgynghorydd Cymraeg BSL: Cathryn McShane
Arwyddo'r stori drwy BSL: Sarah Adejadi
Cyfarwyddo'r Fideo: Taking Flight
Paratoi fideo BSL: Trigger Happy Creative
Golygwyd gan Adran Olygyddol Cyngor Llyfrau Cymru

Diolch i'r Eisteddfod Genedlaethol Cymru am eu gweledigaeth, eu harweiniad, eu cymorth a'u cefnogaeth i'n galluogi i wireddu'r ddarpariaeth newydd.
Diolch i blant a phobl ifanc Taking Flight am eu cyfraniadau yn ystod y sesiynau a gynhaliwyd gyda Manon. Bu'n braf iawn cydweithio gyda'r staff oedd pob amser yn barod i roi o'u gorau.

ISBN 978-1-80106-540-5

Dymuna'r cyhoeddwr gydnabod cymorth ariannol Cyngor Llyfrau Cymru

Argraffwyd yng Nghymru gan Gwasg Gomer, Llandysul, Ceredigion

atebol.com

FSC www.fsc.org
CYMYSGEDD
Papur | Yn cefnogi coedwigaeth gyfrifol
FSC® C114687

Amara

Manon Steffan Ros
a Jac Jones

atebol

Dyma fi. Femi. Dwi'n hoffi pop ceirios a thîm pêl droed Nigeria a gwneud comics.

Dwi'n hoffi dod i'r parc hefyd, ond dwi'n dod i'r gornel, achos dwi ddim yn siŵr o'r plant eraill.

FEMI

Mae merch newydd wedi cyrraedd y parc heddiw. Dwi'n trio gwneud fy nghomic, ond fedra i ddim peidio edrych arni. Mae hi'n gwisgo dillad o bob lliw, ac mae hi'n gwenu fel giât.

Er nad ydy'r ferch yn adnabod y plant eraill, mae hi'n mynd atyn nhw'n syth ac yn chwarae. Does ganddi ddim ofn o *gwbl.*

Dwi'n troi 'nôl at fy nghomic, ac yn gwneud llun o'r archarwr sy'n boblogaidd ac yn gryf ac yn...

FEMI

‘Waw! Mae’r lluniau yna’n grêt! Ti wnaeth nhw?’

Mae’r ferch yn arogli fel candi-fflos ac mae ganddi bridd dan ei hewinedd sbarcli.

‘Amara ydw i.’ Mae hi’n gwenu, a dwi’n gwenu ’nôl.

‘Wyt ti’n gwisgo clustffonau, Amara?’

‘Na. Teclyn clywed ydi o. Dwi’n fyddar. Mae hynny’n golygu nad ydw i’n gallu clywed gystal â phobol eraill.’

Mae Amara’n pwyso draw ata i ac yn dweud, ‘Dwi ddim yn dweud hyn wrth bawb, ond dwi’n archarwres!’

A
Gan Amara

Dwi'n siŵr fod Amara'n tynnu 'nghoes i, ond mae hi'n cydio yn fy llaw, ac yn mynd â fi o gwmpas y parc. 'Dwi'n gwylio siâp ceg pobol wrth iddyn nhw siarad er mwyn gweld beth maen nhw'n ddweud. Fel arfer, dwi'n gwylio mor ofalus, dwi'n gallu dweud sut maen nhw'n teimlo...'

'Paid â siarad lol!'

'Wir iti! Ro'n i'n gallu dweud yn syth dy fod di'n swil ofnadwy!'

Efallai *fod* gan Amara bwerau arbennig.

‘Beth arall wyt ti’n gallu ei wneud, Amara?’

‘Dwi’n gallu darllen yn well na phawb arall yn y dosbarth! Achos pan fydda i’n gwylio’r teledu neu ffilm, neu pan fydda i’n chwarae gêm, dwi’n pwyso botwm ac yn darllen geiriau ar waelod y sgrin i weld be sy’n digwydd. Fi ydi’r darllenydd cyflymaf erioed!’

CYMRU

Mae un o'r plant eraill yn nôl llyfr i roi prawf ar Amara… Ac yn wir i chi, mae hi'n darllen y cyfan yn berffaith, ac yn sydyn.

'Beth arall, Amara?' meddai un o'r plant eraill. (Dydyn nhw ddim yn edrych arna i'n rhyfedd, nac yn gofyn i mi fynd yn ôl i fy nghornel. A dweud y gwir, maen nhw'n gyfeillgar iawn.)

‘Dwi’n siarad iaith ychwanegol! Iaith sydd ddim yn defnyddio llais, ond yn defnyddio arwyddion.’ Ac rydan ni’n gwylio Amara yn cael sgwrs gyfan efo’i brawd bach, y cyfan drwy wneud arwyddion. Maen nhw’n edrych yn anhygoel.

‘Ond sut wyt ti’n dawnsio i gerddoriaeth os na fedri di glywed?’ dwi’n gofyn, ac mae Amara’n rhoi gwên fawr.

Mae hi'n dweud wrth un o'r plant i roi ei ffôn ar lawr y bandstand, ac i chwarae cân yn uchel.

Dwi'n cael dewis y gân.

Er mawr syndod i bawb, pan mae'r gerddoriaeth yn dechrau, mae Amara'n dechrau dawnsio. Ac mae hi'n dda iawn, iawn am ddawnsio.

Mae hi'n chwerthin ar bawb yn syllu arni, ac yn dweud, 'Mi fedra i *deimlo'r* gerddoriaeth.' Mae hi'n rhoi ei llaw ar y llawr, ac mae pawb arall yn gwneud yr un fath.

Mae o'n anhygoel! Dwi'n teimlo'r gân yn dirgrynu yn y llawr.

Mae pawb yn dawnsio efo Amara. Mae pawb yn garedig efo fi. Dwi'n meddwl ein bod ni i gyd yn ffrindiau rŵan.

AMARA gan FEMI
FEMI gan AMARA

‘Dwi erioed wedi cwrdd ag archarwres go iawn o’r blaen,’ dwi’n ei ddweud wrth Amara wrth i ni adael ar ddiwedd y prynhawn.

‘Wrth gwrs dy fod di,’ mae hi’n ateb gyda gwên. ‘Maen nhw ym mhob man.’

A wyddoch chi beth? Mae hi’n llygad ei lle.

Mae'r prosiect hwn yn un sydd wedi ei ysbrydoli gan y galw am fynediad at Iaith Arwyddion Prydain (BSL) ac adnoddau yn yr iaith Gymraeg. Mae hyn yn arbennig o wir i blant a'u teuluoedd a gwarchodwyr. Mae Eisteddfod Genedlaethol Cymru, fel sefydliad sy'n ymroddedig i hyrwyddo'r iaith Gymraeg a diwylliant Cymru mewn ffordd gynhwysol, hygyrch a chydradd, yn fwy ymwybodol, ers cyfnod y pandemig, o'r heriau sy'n wynebu'r gymuned fyddar, yn arbennig o ran y diffyg adnoddau sy'n cyfuno'r Gymraeg a BSL mewn ffordd hygyrch i blant.

Mae'r prosiect hwn wedi deillio o drafodaethau cychwynnol hynod bwysig rhwng yr Eisteddfod a Disability Arts Cymru. Mae'r llyfr hwn wedi ei ysbrydoli trwy gynnal gweithdai rhwng yr awdur Manon Steffan Ros a chwmni theatr Taking Flight. Mae'n cynnig adnodd sy'n cyfuno'r ddwy iaith mewn modd dealladwy ar gyfer plant a phobl ifanc byddar a thrwm eu clyw. Dyma brosiect sy'n canolbwyntio ar wneud yn siŵr fod plant, pa bynnag iaith y maen nhw'n ei siarad neu'n ei defnyddio, yn cael mynediad i adnodd sy'n hyrwyddo cyfathrebu rhwng diwylliannau a chymunedau amrywiol.

Mae'r prosiect hwn yn brosiect allweddol bwysig gan ei fod yn cynnig adnodd hynod werthfawr Cymraeg a BSL ar gyfer plant byddar a thrwm eu clyw o fewn sefyllfa addysgiadol, gymdeithasol a theuluol. Mae'n cynnig dull sy'n hyrwyddo'r ddwy iaith mewn cyd-destun cyfoes. Ein gobaith yw y bydd y ddarpariaeth hon yn gyfrwng i ysbrydoli eraill i'n dilyn a chynnig mwy o ddarpariaeth yn y dyfodol.

Mae'r bartneriaeth hon wedi bod yn gyfrwng i ddwyn pawb at ei gilydd i wireddu prosiect sydd nid yn unig yn ymateb i ofynion y gymuned fyddar ond sydd hefyd yn hyrwyddo perthynas dda rhwng cymunedau. Y nod yw creu llwyfan hygyrch a chynhwysol i blant, teuluoedd a gwarchodwyr i ddod ynghyd drwy gyfrwng llenyddiaeth a'r celfyddydau lle mae'r Gymraeg a BSL yn eistedd law yn llaw.

Elen Elis
Eisteddfod Genedlaethol Cymru

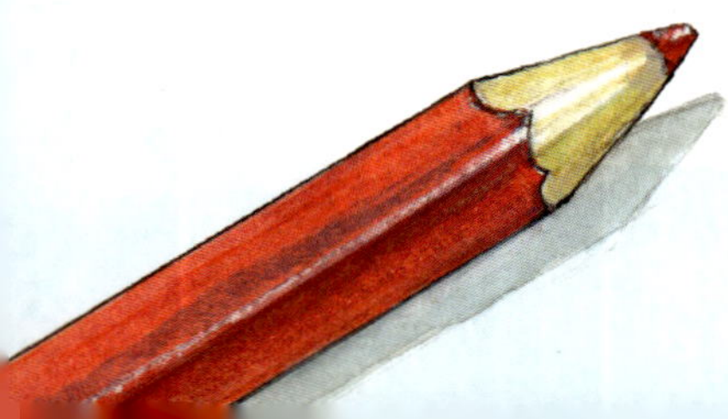